elefante camina

Traducción: Mercedes Guhl.

Publicación en inglés:
When the Elephant Walks, de Keiko Kasza
Una publicación de G.P. Putnam's Sons. Nueva York.
Copyright © 1990 por Keiko Kasza.

Copyright © 1991 para Latinoamérica
por Editorial Norma S.A., Colombia.

Primera reimpresión,1992
Segunda reimpresión, 1993
Tercera reimpresión, 1996
Cuarta reimpresión, 1996
Quinta reimpresión, 1996
Sexta reimpresión, 1998
Séptima reimpresión, 1999
Octava reimpresión, 1999
Novena reimpresión, 1999
Decima reimpresión, 2000

Impreso por Grupo OP S.A.
Impreso en Colombia -Printed in Colombia
Enero del 2000

ISBN: 958-04-1425-4

Para Alexander Taisuke Kasza

Cuando el elefante camina. . .

asusta al oso.

Cuando el oso sale corriendo. . .

asusta al cocodrilo.

Cuando el cocodrilo se lanza al agua para ponerse a salvo. . .

asusta al jabalí.

Cuando el jabalí se apresura a buscar refugio. . .

asusta a la señora mapache.

Cuando la señora mapache
corre con su bebé. . .

asusta al ratoncito.

Y cuando el ratoncito
huye aterrorizado. . .
¿a que no adivinan
quién siente miedo de él?

Cuando el elefante camina

Cuando el

Keiko Kasza

GRUPO
EDITORIAL
norma

Barcelona, Buenos Aires, Caracas, Guatemala, Lima, México, Miami,
Panamá, Quito, San José,
San Juan, Santa Fe de Bogotá, Santiago de Chile,
Santo Domingo, Sao Paulo.